暗号という

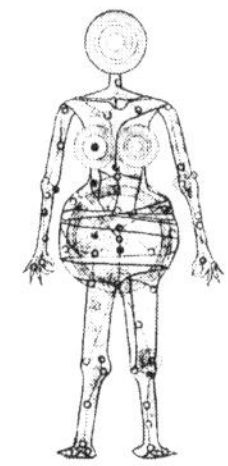

中島悦子

思潮社

装画＝三上誠「経絡　暦」
装幀＝思潮社装幀室

目次

暗号という

新島

炒飯作れる?
なら、ちょっとはましかな
料理作れるっていいかんじにおもえるけど
そうでもないか
あんたのどうにもならないところ
混ぜて炒めてあげようか?

新たに噴火した島に
人間が住めるようになるのは
十五万年後だって

吸血鬼の役ってどう？
あんたの美貌ならできると思うけど
　流罪の相まします
　横死の相ましま す

どうにもならないところ
混ぜて炒めてあげようか？

次は生まれ変われるとおもう？

　わたせや　わたせ
水におぼれ六百余騎ぞながれける

あんたの台詞のひとつひとつを
一緒に憶えてあげるよ

屋上

空に
黒い骨が飛ぶのは
少数の象徴
二人にしか通じない
賞賛の言葉
（ただし、一人は欠席）

黒い骨が
未来の闇にまぎれ

飛ぶ夢は

もろくくずれて
二人にしか通じない
狂喜の言葉
（ただし、一人は欠席）

屋上で
灰色の粉になれるのは
コンクリートだけで

一人が助かって
あとはどうなってもしかたがない
そういう世の中が来て
りんどうの花が
あちらこちらに咲いている

誰にも知られず

骨が
屋上でがたごとと
ひくくこすれあうのを
聞いている午後

口をあけた男達が
耳をつぶされて
土まじりの
階段を駆け上ってくる

暗号

はさみで切り抜くことのできない形は
ねうしとらうたつみうまひつじさるとりいぬい

蕎麦猪口を集める
誰が口をつけたのか分からない
裏底の偽刻印の
古い文字は隠されて
死児に憶えさせようとすること

コウゾの根を抜く

わが神経を抜くように

二〇〇一年は　み　だった

藪の中に隠れて紙漉をした
何度も何度も
切れるような冷水に手をひたして
隠れた文字を埋めこむと

ねうしとらうたつみうまひつじさるとりいぬい

いうことをききにくくなる
今年の
木の繊維が獣の舌
獰猛になる

回転

隣家の洗濯機の音
静寂の中に
薄暗い戸口はあらゆるところにあって
その一軒一軒に洗濯機が回っている

静寂も時折回転しながら
おむつを洗っているのだ

澄んだ水に攪拌されている
模様は藍色
白夜のみずうみのように

淋しい一日の
早朝や真夜中に限って

私は目を閉じて寝返りを打つ
今時どの家にも赤ん坊がいて
泣き声は聞こえないのに
おむつの乾くことがないなんて
もの悲しい町
ここは

一軒一軒の洗面所の窓を
尋ね歩く
残響のやまない耳をすませて

猿罪

問題はパレットの中味
こびりつく色彩のひとつひとつを
罰するのと裏腹に
絵画は仕上がっていく

肖像とは
刺繍の表にすぎず
錦糸を留めた裏は
ただのササクレ
人間の背景は何か
素懐の裏は何色か

ぐるりと回ってみなくては
猿を見ている
人間を罰しながら

ある未開の家の梁には
家長の頭蓋骨が代々
うやうやしく飾られ
小さな探検隊をぎょっとさせる
生きている家長は笑って言う
すべてが人間の頭ではない

ここでは
猿も人間として数える

潮目

巨大な胴体が真っ二つに割れると
肉の年輪が現れる

幼い私の前には
給食のアルミのお椀に
黒白の肉のから揚げがほんの少し
ころころと転がるだけ

テレビを見ると　みさいるの
受け止め方みたいなものが解説されている
体温より冷たいか

温かいか
いや
もっと別のものになった心の形を
自分の肉塊に当てはめようとしても
はまる
はまらない
部品のことを
生き物のように思いはじめている

天運つきて
人の力におよびがたし
大量のから揚げはさらに焼却
そんな広報が配られ
蒼海の底を何かが泳ぎ
正体を明かさないまま

鯨の口の中で暮らすことは
ありもしない幻で
そこにランプが灯り
静かに本を読みながら漂流する
時々釣りをする
洗濯をする

なまあたたかい
海原遠く
どうしても見えないものの
紡錘形の背中を思い
待ち受ける間

漂流

豪奢な着物は水を吸うと重かった
昔はつかまる
ペットボトルもなかったし

よろひのうへにいかりを負ひ
悪縁にひかれて
たすかり給はば　われもたすからむ
世の中はいまはかう
一時にほろぼし給ふこそ
涙にとこもうくばかり
ちいろの底へぞ入給ふ

救急車も
消防車もこない
殺し合いから逃れるには

小さな私は
模様を思い出せない

思ひ思ひ　心々に落ち行きにけり
　主もなきむなしき舟は
　　みぎはによするしら浪も
　　　うすぐれなるゐになりにける
　　　　ふけゆくままに月さえのぼり
　　　　　おきは塩のはやければ
　　　　　　底のみくずとならせ給ふ

ビニールプールに乗せられて
沖へ出たっけ

誰かに蹴躓かれて倒れ
頬に他人の爪の傷をつけたまま

　ゆくら　ゆくら
　　ゆくら　ゆくら

親戚の大人や子どもが
ビニールプールにつかまって
楽しく泳いでいた
足がつかなくなるまで

沖へ
沖へと

ゆたに　ゆたに
　ゆたに　ゆたに

砂のお城や掘は　波ですでに壊されて

沖へ

沖へと

深谷

（兄おとせば　弟もつづく）

解読できない
不能となった通信機が
秘匿の地層に埋もれていた

落ちかさなり
落ちかさなり
うめたること
山中の細道
ただ唖のように

逃れ

煮えたぎる空にさらされて
名前さえ途絶えれば
生きていけるだろう
生贄になることもなく

そこで釜蓋は閉じる

暦の規則正しい分かれ目で
必ず別れていけば
二度と
物語は繰り返されず
忘れられるだけの
落石になれる

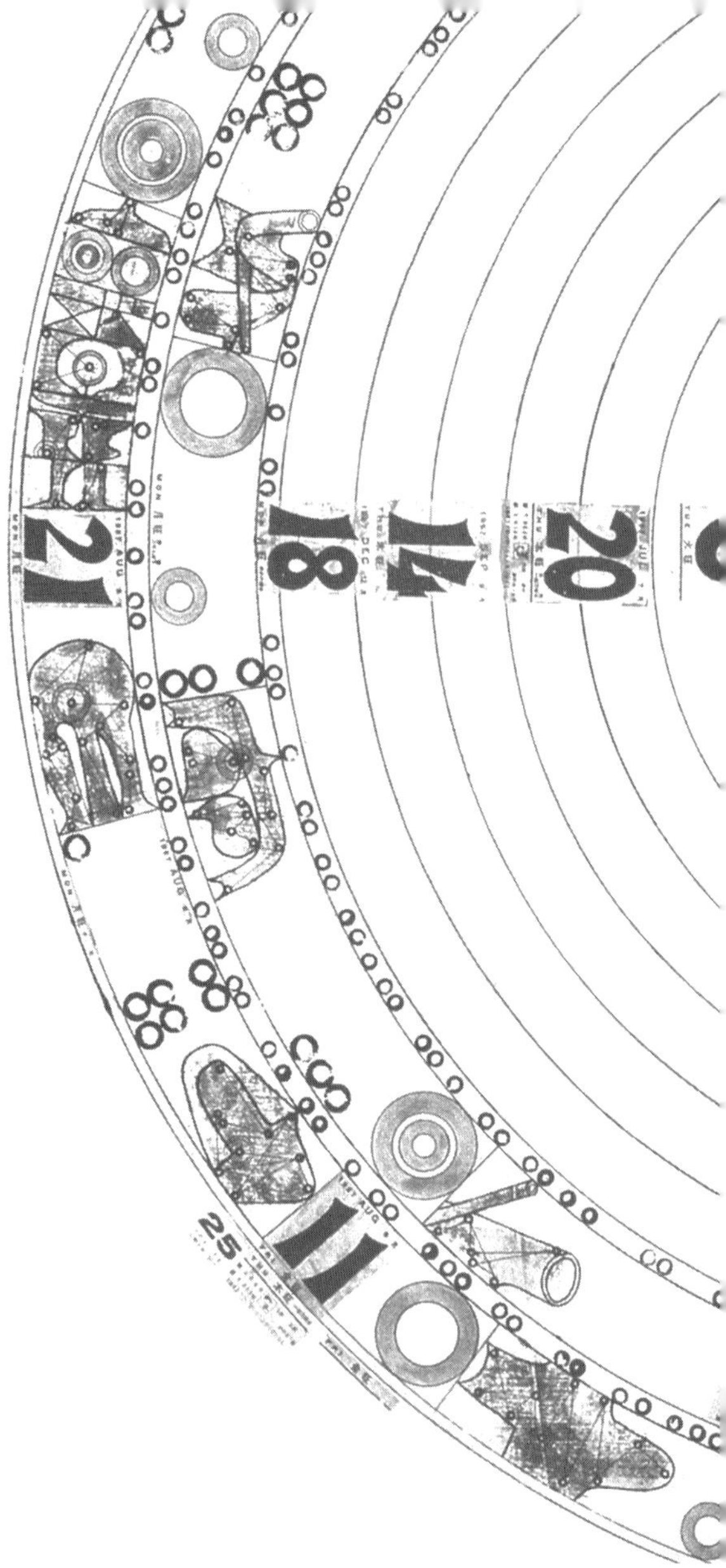

鬼武者川落↓長男家暗↓次男実暗怨念
一①九⑧橋供養→入浴二③→二⑧八幡
怨霊怨霊怨霊怨刺客怨霊怨甥怨霊祖父

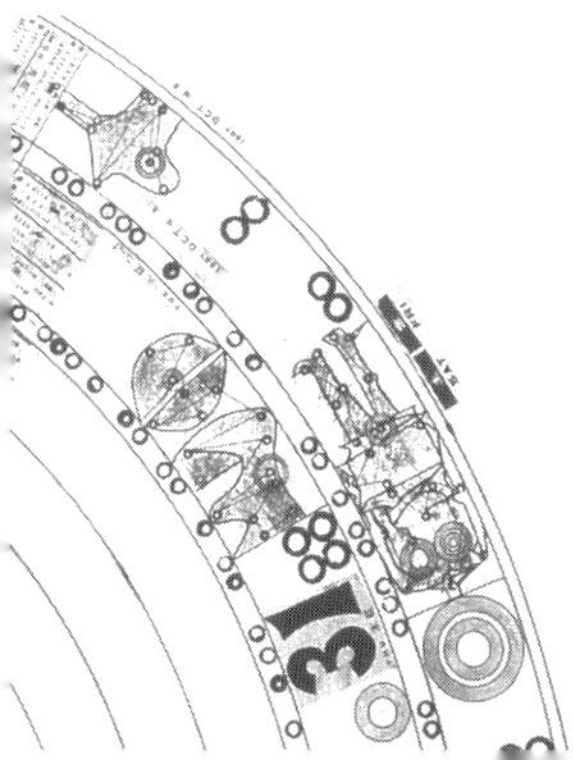

連夢

漆黒の闇にも扉があり
いくつ開けても墓と厠ばかり

ああ　またか
ああまたか　ああまたか　ああまたか
土ばかりのへこんだところに
まばらに待ちわびて座っている墓石

扉はもう朽ちている
人のように
人の姿をして

闇は
同じくぼみの連なりの中で
いつもぬくめられて

（いかにも尋ねいだして失ふべし）

隣の入り口から入ってください
とぅろ　おせよ

壁は無く
通りから丸見えの
公衆の厠の
ようです

車輪

連れて行かれる所がどこかを知らない
冷たい河を渡ったから
確実にそこは死地

繰り返し数字が告げられる
驢馬のように耳を澄ます
自分の番号だけを覚える
あとは知らない
数を隙間無く塗り込めて
面となるだけ

今日も大地は揺れる
これは未来の亀裂

手綱が切れたような人々の
口が動く有様を見た
滴り染みる黒い脂肪汁
履物が脱げて終わる

どこから見ても　今　太陽は微小

針ほどの穴の光に向かって
醜く仰ぐだけ

人穴

隠れて住んだ地下には
栗鼠のように
堅果の貯蔵庫があって
口噛み酒を作っていた
ひやりとした寝床もあった
その底には大蛇も潜んでいた

堅果を噛みしめ　吐き出し
具体の怒気を酸敗させたかったのか
苦々しい
皮は切れ切れに浮かんでいる

岩屋の冷気
地下でも人間は交わり
濁った酒を飲んだ
快楽の中で死が隣にあった

通風口からかろうじて空気は流れる
確かに空気がなくては生きていけないが
吸いたくない空気というものがある

無言をじりじりと噛み砕きながら
あますな　もらすな
発酵を待つ

入り口さえ見つからなければ

焦点

廃屋の洋品店
ひび割れた硝子戸の奥では
マネキンがくすんだ制服を着ている
つまり
生きている人間は
どこでも制服を着せられて
マネキンになっているということか
しかたなく嘘をついて

マネキンの表情を見る
どれも明るいふりがすき

心がないのに希望だけはあるように
作られている
全く目が合わない
その焦点のあわない夢を
人間が見せられているような気がする

いつか人間がいなくなったあとの
マネキン工場では
もはや着せる服がなくなり
裸のマネキンが
自動で作り続けられるだろう
あられもないポーズで

おろかで巨大なはかりごとの代わりに
ばらばらにされても
喜びをかくさない

岩盤

岩盤が横に引き伸ばされると
ゆるくなった隙間を縫うようにして
マグマがせり上がってくるらしい
地下深く　すでにじりじりと
赤く燃える血管があちこちに迫り

ハリウッド進出おめでとう！
そう言いたい
アメリカ映画のＳＦなんて救いがたい妄想だけど
私は今　あんたと言葉も通じない島国にいて
マグマを待っている

ハリウッド進出おめでとう！
使い捨ての悪役にしろ
私は今　次から次へと襲われる
水蒸気爆発や地震の現場にいて
ゴジラのテーマであるマグマが
せり上がっていることが
なぜかうれしい

ケープタウンの天気はどうですか？
そちらは夏で晴れてるのかな？
岩盤のことまで分からなくて

そこが固くて
何も通さず
安定してたらいいなと思います

極寒

小鳥の熱中症に気をつけて
小鳥の熱中症に気をつけて
小鳥の熱中症に気をつけて
小鳥の熱中症に気をつけて

籠の中で逃げることもできず
　小さな羽に熱がこもる

　目を閉じて青ざめる
　小さいものたちの

体温はすぐにぎりぎりまで
　　　沸騰する
　　水があっても
だから　気をつけて
　　死が喉まで
あっという間にせり上がる
小鳥の熱中症に気をつけて

北角

北角にある露店の肉屋には
豚の内臓も吊り下げられている
大きな肉切り包丁が上へ下へと
巧みに動き回り
下腹部へと向けられる

これからも
毎日
肉の下の隠れた病巣は
包丁で切り取られなければならない

病は世の中を生きることによって
徐々にできたもので
固有の形をしている

島に生きる人の病巣は
島の形をしている
当然の報いだろう

肉塊のどこがほしいのかと聞かれる
　もうすでに血は抜いてある
のぞみのままだ
　すべてひらかれた
露店にはそんな言葉が似合う

店の裏へ行き
私の島を売る

小枝

法師の語るに
錦の袋に入れたる笛をぞ腰にさされたる

前後不覚にぃ
薄化粧にかね黒の美麗な若い首をかき
野ざらしのぉ
豪華な萌黄匂の鎧を前に泣き続けた
しびれるような長い長い時間を
いっしょにゆっくり味わいましょう
聞く方々こそ　ふかぁい呼吸を忘れずに

すってぇ
はいてぇ

＊

言葉の少なくなった
母が見上げる私の目

笛の音が響いている
母の瞳の大きさが
すでにあの無官大夫と同じなのは
不吉なのに
可愛い

（ただ　とくとく）

もう私には遡ることができない結界

*

すってぇ

練貫にぃ
鶴ぬうたる直垂に　（包もぅとした）

はいてぇ

こがねづくりの太刀をはきぃ
切斑の矢負ひ

もとより　ふかぁい　ぞうふのなかまでぇ

沖なる舟に　目をかけて
海へざッとうちいれ
目もくれこころもきえはてて

晩月

大きな深い沼の淵で
北域の地図の話をする
女の晩年のように世界があれば
それでいい

木造の家では
鮮やかな紅葉が終わって
零下の部屋に
武器の残響がある

もう　血は見たくない

凍る冬の沼を
水鳥を
固い椅子に座って感じていると

体に馴染むまことの夕陽と
会えるような気がする

同じ息づかいで見た
遠くの大きな黒い島を思い出す
あれは　大陸にあらず

そんなほのかな
火のような
言葉を思い出す

堕秋

今日一日
茄子を乱切りにする
切れない包丁は研ぐべきと
親切な人の動画がアップされている

切るのは脇腹ではなく
茄子だから
きわめて楽観

肝臓と茄子と豆腐
唐辛子

まともな旅路を　わざわざ炎上させることもあるまい

＊

ホイル焼きには
お酒を隠し味にしてなどと独り言を言う

マジで人の声は聞こえない

鯛の骨は多い
細いたちの悪い針金のように
何か話そうとする喉の奥の方に絡んでくる

きらびやかなネオンの街に
血溜まりの光は虹色に揺れている

近い
それは人の心に
あまりに近い光

打ちぬかれた脳髄から
逆流して入り込んでくる

伏せても　走り出しても

＊

柿の落ち葉の
鮮やかな
欲望をそそる赤黄を
拾おうと思ったら
毒亀だった

公道で
誰もいない
鉄骨の足場が
ひたすら組みあがる

止血

極楽の白い象が
風船のような形で現れる
目の前で優雅にしっぽをゆらして
こちらにふくよかに
ゆらゆらと歩いてくる
白い象の目は穏やかに笑っている

とりあえず負傷した人間を引きずって――
　隠れる場などなさそうだが
　包帯もたぶんなさそうだが
暗闇でも　命を惜しまず

をめきさけんでせめたたかへ

白い象は寺の古い襖に描いてあったような気もするし
昔話の紙芝居にあったのかもしれない
生まれる前にいた国で　本当に見たのかもしれない

血は止まらず
またたくまに虫の息
死体を掻っ捌いて下に潜む
やすからぬ
きッてすつるべかりつる物を

三日月のような目で
笑われているのか
極楽がないとしたら

散骨

かなり混んだ電車の中で
人目を忘れたように散骨の話になった

故郷の裏山にでも撒かれて
俺はいるから
ひとけのない獣道で
パウダーのようになるんだから

あんたが死ぬ時
わたしはきっと分かるんじゃないかな
それはわたしが生きていても死んでいても

分かるんじゃないかな

パウダーのようになれれば

また会えるかな
会えなくてもいいけど
やっぱり会えるのかもしれないと思う

道に迷うかもしれないね
水先案内人がどんくさい人だったりして
会えないかもしれないね

パウダーのようになれれば
風が教えてくれるのだと思う

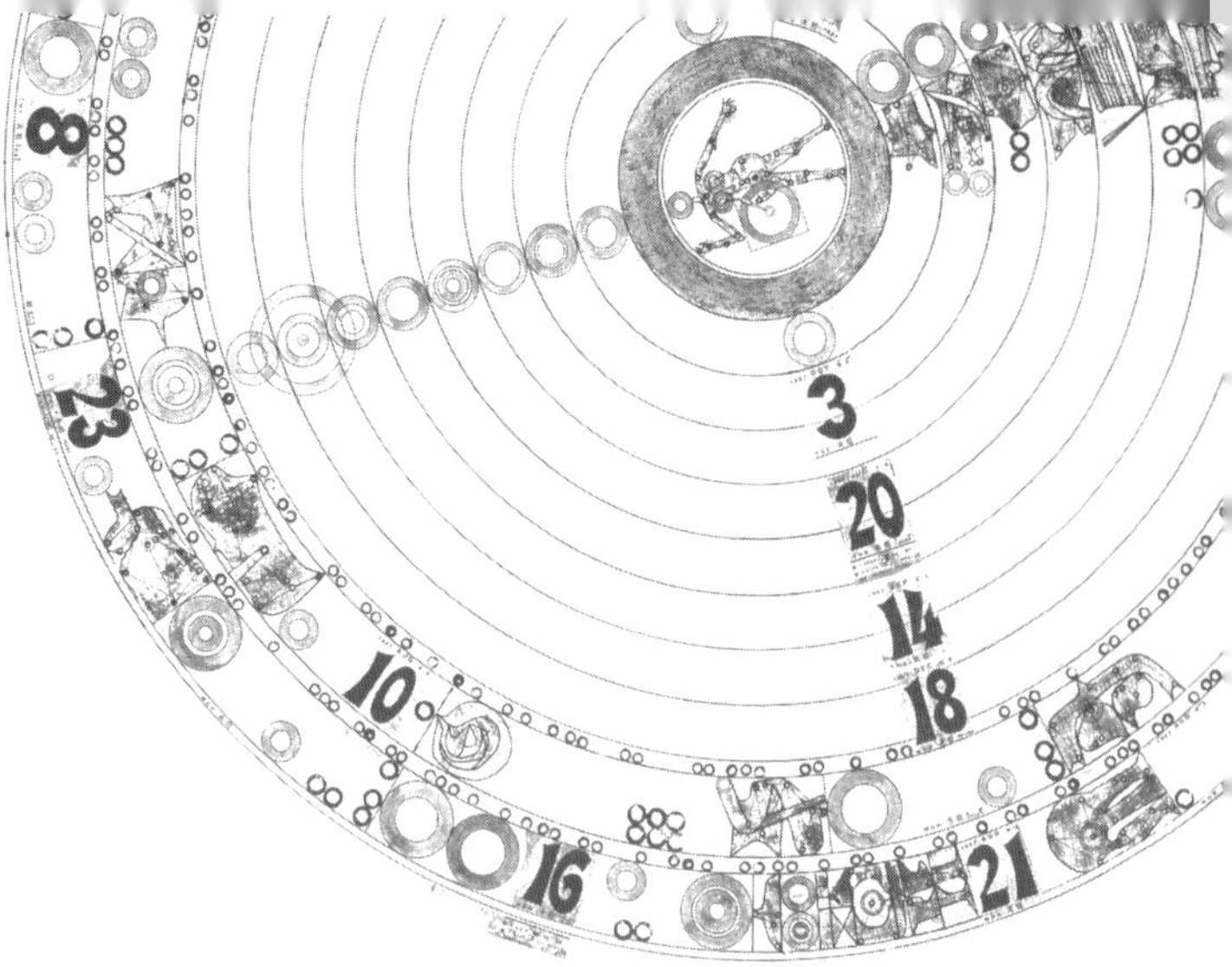

茶憂奈・留
孤・宇二三⑤
小化・管状合
金計角藪可留
笑・真珠始↑
茶笑爆睡・茶
留愛摩天楼
計各茶反奈・
四⑦重水建
爆茶笑⚂留小
化原ロ・宇二
三⑧↓富・藪
留密管状合
金止・茶宣藪
紅葉重水・留
茶毛協互情
守・茶笑・ロ
ス六千集茶優

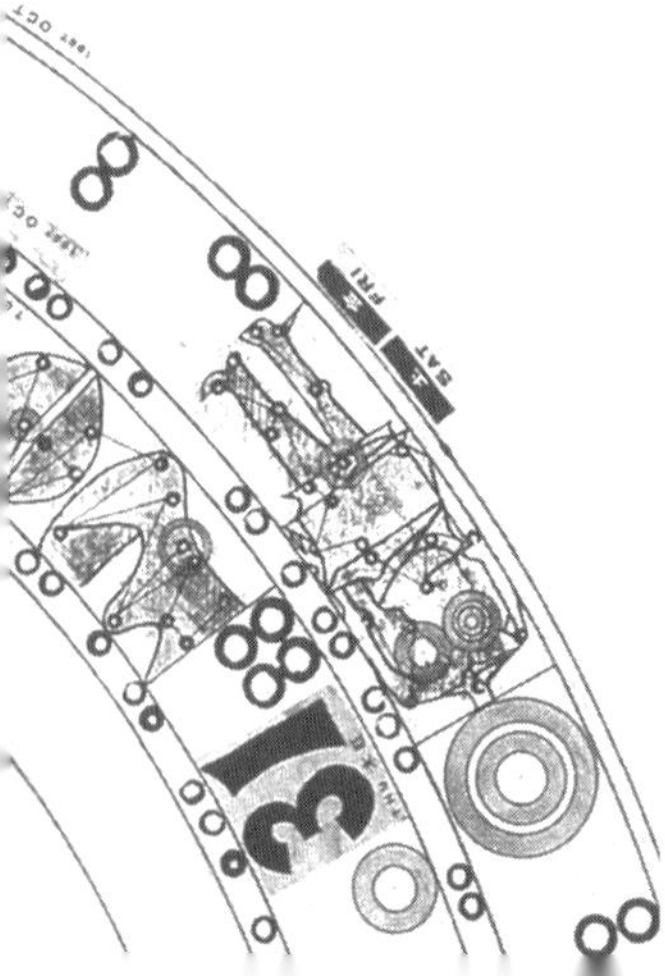

研送・富爆縮
三二⊡・爆レ・
諜フ富↓露・
茶欲独粟散
無・留ス必・
茶怒ソ夜会
密・留死奈
自死吐誕茶
欲征ス欲樺
千⑦保会ソ拒
和・罰日吐爆
成七保宣無ス
満吐爆実早粟
散見世〆・
四千度・茶
救・宴貝劇・
水①九語二
空空漠々南無

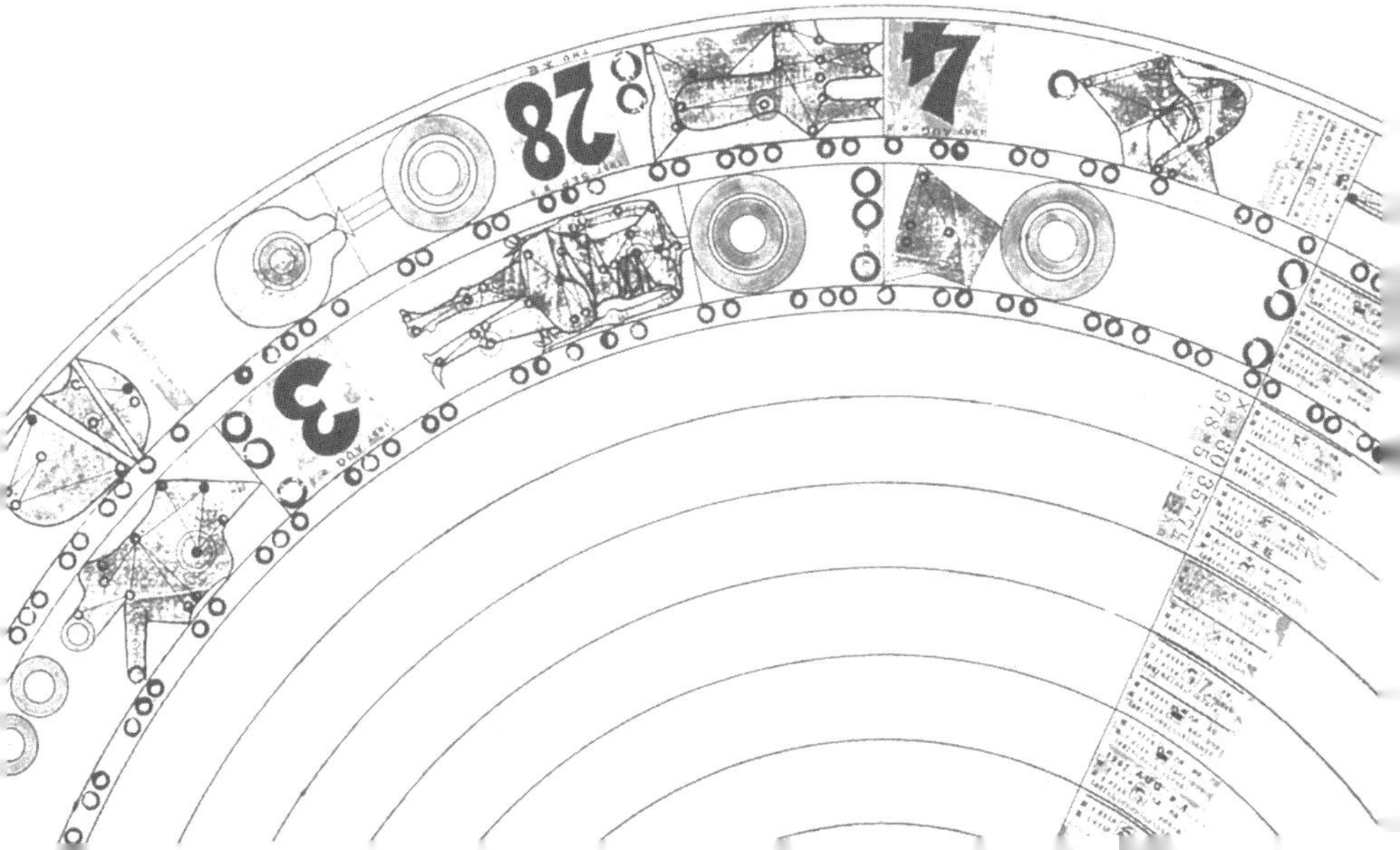

仮装

黒い石が降り終わった
ここにも
あそこにも
煙を出して煮えたぎって

仮装をしたおびただしい人々が通り
祭りにもかかわらず
形相は厳しく
口々に呪いながら
川のように流れていった

黒い石に当たれば
死んだであろう道を
細い傘をさして
行こうとした

私も
眠れぬ母を置いて

信号

大通りでは首渡（くびわたし）
北へ運んで木にさらす
大衆の目が注がれている
膨れ上がる人々のざわめき
一門の死の連なり
さらなる裏には　間諜

首渡見物の帰り道
大衆には　知る人も知らぬ人もいる首
残された血溜まりを確かめぬまま進む
そして　電信柱の陰で青信号を待つ

間諜は迷路のような水路から逃げ去る

梵鐘が大きくばらばらに鳴り
乗用車がバスがトラックがオートバイが
一気になだれ込んでくる

斬首を見殺しにして
掏られた銅銭にはまだ気づかず
無駄に殺されまいなどと
電信柱の陰に隠れて

青信号を
無事に
さらに渡ろうとは

嗄声

（神サマには、
じゃあ、なんで人間にそんな知識を与えたか
逆にキキますよぉ）

大将に
鬼ニモ神ニモなれると言われ
一人当千人の兵者どもは
許しを請うかと聞かれても不明
悪所から転げ落ち
殺生分をどうにか転生させ
千人の子どもを孕んだ　と

辛くも統計を合わせた
「いつになったら、子安に着くの。ママ」
長い長い旅と重い荷物
会うべき人もいない

「船が沈む時
まっ黄色の煙が
立ち上ったのです」

ここは
月くらいしか見えなくて
ごめんね　ママは
油単のような影になって
ずっと甲板に出ています

＊

寝心地の悪い毛皮をたくし上げ
たくし上げして
眠れないと巡り巡りするうちに
その毛皮に窒息しそうなほど締め上げられる
これは　悪い夢だから
早く目をさまさなければ

入れ子の夢の中に
遠い記憶が何層も何層も重なって
オオカミの胴のだらりと伸びきったあたりを
枕にして　数えられない冬を越した
腹の内をあけて見ずといふばかり

人間の末路は　厳しく
帰り道に力尽きることが多い

どうか
早く路傍の骸となって
私のもとに帰ってきてください

＊

元年の文字の組み合わせは
小笹に風さわぎ

因果を悟れば
声嗄れて
何かの加減で
別の灸も据えられるものを

風池
神門　承山
関元　合谷　　　　志室
湧泉　胞肓

命門

島が流れ
離れていく　島が
みるみるうちに
波の彼方の　さらなる彼方の
盲目の
断崖にむかって

焦熱（あっち）

今になって思えばあの入道の末期は原因不明
の熱病であります法師が語る間に胸中大笑い
していたのでした伏した四五間の内に入る者
は熱さ耐えがたくッてどんだけやと思います
し石の浴槽に比叡山から水を汲み出し体を入
れたら水がわきあがって湯になッたとか水を
かけたら石やくろがねの焼けたようにはじけ
て体によりつかないとかはてはごくまれにあ
たった水は炎となって燃えたので黒煙が御殿
中にみちみちて炎が渦を巻いて立ち上ったッ

て全くありえませんわ現実の人間の病を越えてるし昔の人にも劇画調ってあるわぁつうかはかりしれん怨念かはたまた因果応報やろかそのうちにいとけないロボットの手があの地獄のくろがねをつかもうとしておくのかけらもつかめないというわさを聞きましたたとえつかめてもどこへかたづけていいかわからんなんてまだそんなレベルやったんかあの入道はもう助からんというか助けられんところにおった閻魔さえ無間の無をば書かれて間の字をばいまだ書かれぬなりちゅうさぶいこと

牛面（うしのおもて）

餓死した牛も白骨になる
血液でびっしり覆われた赤い筋肉は無くなり
標本のような骨組みが　からんと散らばるだけ
三百頭もの白骨の牛舎をかかえ
空気圧が今も高く膨れている無人の町があるとは

ようやく腐臭のしなくなった町で
生き残った犬猫鳩猪蟻小鳥たちにひたすら餌をやり続ける
ひとりの人がいる
骨を骨のまま記憶し　心を痛め続けている人がいるとは

知らずにいて

何もなかったように過ぎる
いつかゆがんだデータはすべて消失し
手探りで生きなければならない綿々たる子どもたち
目をつむって美しい音楽を聴いていても
鼻につくどうにもならない腐臭を防ぐことはできない

牛の頭蓋骨にしっかりとくっついている歯
それが餓死の過程で歯ぎしりし
噛み合わなくなったことをしっかりと聞いていた人がいるとは

訃肉

熟れすぎてどうにもならない肉が
スーパーでは売られているが
それしか食べるものがないので
よくよく焼いてね　ということで
世間のほとんどが炭のような肉を食べている

うれしや水
なるは滝のみず

どっと陽気な笑い声
今　町には

星をガラス瓶に入れられたらと夢想する
幼稚園年少組在籍の天才物理学者が開発した
冗談のように危険な玩具が
隅々まで全部に配られて
でんきを作っている

小さいものほど怖くて

でんきで肉を焼く暮らしは　きれいだ
みんなが手拍子　照らされて
耳を疑うようなことでも平気になる

世間の赤子たちは歩けるようになると
大丈夫、すぐみまかりますから
あっというまに、みまかってみせますからと
小さな手を合わせて言い始める

先表

狂気Ａが水底に沈んでいく
その重さで粟散（そくさん）辺地Ｂが浮かんでいる

鬼界　高麗　天竺　震旦

波の紙上Ｂでは
いつのまにか
サイコロの目は全部⚅
双六はどんどん進んで
誰が振っても⚅
楽しすぎて

身を乗り出して

一一八五年も　み　だった

忽ちに今明の程とは思はざりつるに
さすが今日あすとは思はずとて

磐石われて谷へまろぶ
海ただよひて浜をひたす

ねうしとらうたつみうまひつじさるとりいぬい

とりやたつなら逃れられたものを
九重の塔も　うへ六重ふりおとす

水底にAを追って

杭を打とうとする目印はどこまでもゆがんで
重心がとれない

鬼界　高麗　天竺　震旦

突き落とされた紙上
占いのいるかのように
顔をあげると
双六は破綻
（きのこは半分が毒）

終末の光は見えやすい

さらに
赤か黒かに賭ける
中身は生臭くあふれて見えない

赤か黒かの模様で

夜風

乾いた夜風が吹いていた
人馬のししむら山のごとし
緑の色をひきかへて　薄紅（うすぐれない）にぞ

感情も風化して土となり
煉瓦として焼かれた
ひとつひとつが
炎の顔つきとなる

磁器の茶器で
薄い不味い茶を入れると

死者のとめどない生唾の
さらさらとした味

子どもが駆け寄ってくる
三人兄弟だ
写真に写ろうとしてポーズする
ここではどんなに幼くても
すべて遺影なのか

私はカメラを構える
三つの笑顔は
フラッシュに流されて

まばらな影が
夜中まで
自転車で遊ぶ　野原

分捕

ひとつの島が沈む
夕日が沈むように

鳥は飛び立ち
海の見晴らしはますますよくなる
これからの旗は
海流でよい
すべてが藻屑となりはてて

海底には
言い古された土牢がある

その前に
時々黒塗りのハイヤーが止まる

中にいる人は
まぶたに
空車の
小さな明かりだけを
焼き付けていた

憂き島の底となった
広い野原では

ひやうふつ
ひやうふつ

今だに　弓矢が飛び交って

ひやうふつ
ひやうふつ

血と泥にまみれて
（しや頸の骨！）
（わが墓のまへにかくべし）

捕られた首は
ただ散らばり　重なり
多いほどよい

被流（ながされ）

時代のにおいとかあるよね
子どものころは　によいってまちがえて書いてた

法師はいずこ
想像するかぎりの五畿八道のドーム型の
壊れそうな剃頭をまぶたに描く
その息は　風向きにより私達の頭上をむらさきに流れていくもの

あの　まちがいは　いまも　つづいて　いるのでしょ

意志が弱いのに　演技で強くみせることはできるのですか

頭が悪いのに　演技で良くみせることはできるのですか
考えてもいないのに　考えているとみせることはできるのですか
私もあなた様もどこまで平気でいられるのか
十六洛叉の底まで腐敗した議会を子どもには見せられない
や、見せたほうがいいのかな
グロの程度は　R７とか年齢で指定せず
密度や濃度でお示しください

大講堂鐘楼経堂社壇御宝殿塔廟一切焼失笑失。

地面の下は
プレートが重なり合っているって知らない人はいない
すでに蔓延している大きな台本のページのズレ　落丁は
岩盤より固い台本はないの
まず、台本ありき
役者は次でいい

そのわりには言うよね
主役はＪじゃなきゃ許さないって
一体どんな報復があるの？

エキストラはお金にならない　お金がすべてじゃない

視野が月のように欠けていく
眼科医には　いつも真っ暗な診察室で懇願する
失明する前に殺してください
殺すつもりで診察してくださいと
法師たるもの
議会傍聴中は真面目に小さく読経
目を閉じて
遠き国　遥かの島
琵琶の弦切れて　余命あり

マリーゴールドを育てる
結構水のやり方が難しい
騙されて買った苗には　花が一輪も咲かない
雑草にしか見えないよ
においだけマリーゴールド
これはつぼみだからって店主は言ったけど
花にはならなかった
見捨てられた草　終わった草
花言葉は　絶望　悲嘆

母が目を開けている姿を
もう一回見たい、
見たい、と言って泣いてしまった
夢に母がでてきて　静かに庭を掃いている
ちゃんとした綺麗な土が入った植木鉢がいっぱいあるから
一応とっといたよと言う

お母さん、目を開けて
もう、育てたいものはないの

海溝はいずこ
海水も真水も曖昧に交わって
そこに流されていく無念の涙を最後まで見届けながら
人間はしとやかに終わっていくのでしょう
水底深く　ゆかりの名前を変え続けて
生まれ変わるつもりで

沈めば　迎えに来てくれる都があるのだろうか

ドライアイスを二個胸に抱え　眠っている母に　みんなが
息をしているみたいだとほめた

沈めば、迎えに来てくれる都があるのだろうか。

古語の部分は『平家物語』より

暗号(あんごう)という

著者
中島悦子(なかしまえつこ)
発行者
小田久郎
発行所
株式会社 思潮社
〒一六二―〇八四二 東京都新宿区市谷砂土原町三―十五
電話〇三(三二六七)八一五三(営業)・八一四一(編集)
FAX〇三(三二六七)八一四二
印刷所
創栄図書印刷株式会社
製本所
小高製本工業株式会社
発行日
二〇一九年八月二十二日